삶의 길에서

최병우

도서출판 지식나무

| 목차 |

1부_산다는 게

2부_봄날에 꽃

3부_여름날의 세상

4부_가을 그리고 겨울 인생

1부

산다는 게

생멸 (生滅)

세상
돌고 돌아가고,
피고 지고 있다 없다
왔다, 가는 게 생멸인 걸

생멸은 허무요 공인 걸 그리
애달프다 안달복달 애간장 녹여요

체공 시간이
길다, 짧다한들 백 년 한 세월이라
이 세상 누군들 자연 섭리에 순응
만고에 진리가 생멸이 아니던가요

만물은 인연 순리에 따라
오고 감이 세상 법칙이라
붙잡고 애걸복걸해도 소용없고
수원수구(誰怨誰咎)한들 다 소용없다는 걸
지나간 역사가 말한답니다

뭔들

뭔들
맘속에 꼭 들까

이건이래서
저건 저래서 좋다, 싫다 합니다

이쁘다, 밉다도
자기 맘속에 들락날락 한답니다

천륜도
맘속에서 좋다, 싫다 하거늘
남남 간이야 말해 뭐합니까

네 맘도
나도 모르게 좋아 싫어하거늘
하물며,
세상이 다 내 맘 같기를 바랄까요

삶이란

세상 치고받고
울고불고해도 그때뿐

난리 사변 중에도
애 낳고 산 사람은 산답니다

밉고 서럽고
철천지원수도 세월 가면
자의든, 타의든 같이 산답니다

가슴속 찬바람이 불다가도
참고, 또 산다고 산답니다

죽이네 사네 하다가도
참 속도 좋아 다 잊고
쓸개 빠진 놈처럼 사는 세상입니다

바보들

본인 앞자락도
건사 못하며 나라 걱정해요

본인 앞도 못 보며
세상 걱정 한답니다

본인 모습도 못 보며
남에 모습에 시비 걸어요

나라 걱정, 정치 걱정
남 걱정하는 자가 세상
바보 중 상바보라 하는데
그런 바보들이 많아 웃퍼요

괜히 어수선한 세상에
그리 안달복달 밤잠을 설쳐요
아마, 이런 바보가 많아 그나마
나라가 버티고 견디어가나 봅니다

맘 그릇

맘 그릇은 하나인데도
보름달은 크다, 그믐달은 작다 해요

맘 그릇 하나에
수천 만별에 별것이 다 담겨
울다, 웃다, 좋다, 싫다 가지가지해요

울고 웃는 맘도,
좋다 싫다 맘도,

세상살이 행복하다
불행하다 사니 못 사니 하는 맘도

맘 그릇은
하나인 걸 그리 야단법석 한답니다

가지가지 천애에 맘
잘 붙들어 흔들지 말고
평정심 유지 평온 행복한
삶에 기복이 없길 빕니다

그랬구나

1
그냥 있어도 될 것을
괜히 동동 걸음했구나

붙잡는다고, 머물 삶이 아닌데
괜히 붙잡으려, 애원하고, 발버둥했구나

세월가면 누구나
세월에 지는 걸 몰라 그랬구나

2
세상 허접한 걸
그걸 모르고 죽자 살자했구나

남은 건 영광보다
상처가 더 커 허전하였구나
인생사 인연 따라 사는 걸
멋모르고 설치고 날뛰었구나

3
이제야 뭘 알만하니
저녁놀이 발에 걸렸구나

이런들, 저런들
그냥 그래그래 해야겠구나

세상사가 맘대로 안되는 걸 알고
남은 날은 순응하며 살아야겠구나

섣달 그믐날

섣달 그믐날
눈썹 셀까봐
밤하늘을 붙잡아 세워요

뒤뜰 큰 감나무 부엉이도
어두운 밤을 세워 부엉부엉 합니다

그 옛날은
밤새 만두 빚고
동네 우물물 첫 번째 뜨려 밤새워요

가족 화목
건강 행복하길
밤새워가며 빌고 또 빌어요

새해는
나라도 평온
가정 화목 건강 행복만 해요

몸뚱어리

정정하던 몸뚱어리
어디로 가고 껍데기만 흔들흔들

세상살이 노름에
이리저리 굴러 몸뚱어리
닳고, 달아 설렁설렁 합니다

속챙이 급할 때마다
빼내 쓰다 보니 본체는 어디 가고
혼 빠진 껍데기만 덩그라니 남네요

텅 빈 속껍데기
이래도, 저래도 네네
바람 부는 대로 살랑살랑 삽사리

그나마
속 빈 몸뚱아리라도 있어
살아 숨 쉰다 한답니다

인생살이

먼 산 동틀 무렵 주섬주섬
삶에 옷을 챙겨 입고 인생살이
쳇바퀴 슬그머니 시동 걸어요

해질녘 어둑어둑 땅거미
처마 밑에 슬금슬금 기어
들어오면 고단했던 하루
살포시 나래를 접습니다

인생살이
고단해도, 힘들어도 지쳐도
더 좋은 내일에 태양을 향해
희망의 꿈을 품고 세상을 그립니다

반복 세상살이가
삶에 현장이라 저마다 나름대로
성실히 굳건하게 즐겁고 기쁘게
행복 찾아 최선을 다 한다한들

오늘도, 내일도 인생살이
쳇바퀴는 욕심 따라 만족을 못해

쉼 없이 돌고 돌아도
세월에 묻혀 흘러만 간답니다

세월

흘러가는
세월 따라 살아온
인생길은 어디쯤에 있을까요

흘러가는 물처럼
그냥 세월에 실려 갔나요

지나간 세월을
붙잡으려 해도

어느새
저만치 흘러가 버리고
되돌리려 한들
남은 건 텅 빈 공간뿐이랍니다

인생이란
한 조각 바람이라
잡을 수도 되돌릴 수도 없답니다
인생살이가 공이라
지나가면 다시 안 온답니다

꿈인가

꿈이었을까, 생시였을까
스쳐간 님의 향기에
가슴 저려 목 놓아 울었네

꿈이라면 깨지 않기를
생사라면 사라지지 않기를
밤새 애타게 그리다 눈물짓네

님은 어느새
파랑새 되어 날아가고
젊은 날 사랑했던 그 얼굴이
꿈결처럼 나를 울립니다

꿈이라도
자주 보면 좋으련만
오시면 반가움에 펄펄 뛸 텐데
뭐가 바쁘신가 잘 안 오신답니다

천륜

세상이 없어진다 한들
세월에 잊어진다 한들

한번 맺은 천륜이란
인연이 어찌 사라질 수 있을까요

좋고, 싫고
미움과 원망 따라
도망간다 한다한들
핏줄로 엉겨 지울 수가 없는 걸요

지난 멀고도 먼
시절인연을 좋던, 싫던 내복이라
천륜에 감사하고 흐르는 강물처럼
거역 말고 유유히 흘러 살아가요

우물안 개구리

1
세상 넓고 높아
할 일도 살 곳도 많은데
그 작은 우물 안에 터 잡자고
끼리끼리 뒤죽박죽 생난리쳐요

2
세상은 하루가 다르게 변해도
우물안 개구리는 편짜 편먹기에
세상 변화 관심 없다네 저러다
우물 말라 다 죽어도 몰라요

3
유구한 역사 속에도 끼리끼리
문화 핏줄 이어받아 큰일보다
작은 일에 매몰 수시로 외세 침입
구박 받아도 그때뿐 더 넓은 터
더 큰 일은 관심 밖 오로지 작은
우물 안 권력 쟁탈전만 하나 봅니다

쉬엄쉬엄 가요

어딜 가려고만 할까요
이젠, 가던 길 잠시 멈추어요

앞만 보고 가는 인생살이는
늘 쫓기는 삶이라 나는 없고
세상사는 낙이 뭔지 모른답니다

한세상 삶이라 할지라도
행복에 나를 가두고 살아봐야
후회 없는 인생살이가 아닐까요

조금만 쉬엄쉬엄
여기도, 저기도 보고 터벅터벅 가요

세상은 보기보다
크고 넓어 세월아, 네월아 해도
아무탈도 없답니다

갈등

바람에 흔들리고
구름에 가려 살아도
괜한 허욕 욕심에 갈등한답니다

외부 바람이야 막을 수 있지만
맘속 바람은 쉽게 가라앉지 않아요

내면의 갈등에 시달리다 보면
평온이 저 멀리 간답니다

갈등에 빠져
혼탁 세상 만나면
인생도 삶도 어렵답니다
잘 다독이고 어루만져야
그나마 고요가 와 안정을 찾습니다

오해

잔을 비우면
채울 수가 있는데
잔을 비우지 않고
잔을 안 채운다고 야단이랍니다

착각 너와 나는
다른 객체이거늘
한 몸이라 착각해요

착각이 깊으면
오해가 깊어 힘들답니다

착각이 없는 세상엔
진실이 아니면 오해가 깊어
세상살이가
어찌 보면 더 깊어
올바른 생각으로 살아야겠어요

그곳은 어딜까

저녁놀 붉게 물들 갈 때
살포시 지친 몸 기댈 곳

향수병 도질 때
가슴을 살짝 얹어 놓을 곳

첫사랑 그리울 때
가슴을 매만져 주는 곳

보고픈 사람
그리움 사무칠 때
기대고, 따뜻이 품어주는 곳

세상사 힘들어 할 때
부담 없이 찾을 수 있는 곳

모두의 방앗간은 어디일까요
다 품어줄 그곳이 당신, 나일까요

붙잡지 마요

구름이 일고 지듯
마음도 머물지 않고 흐르는 거예요

달은 가만히 있어도
구름이 가리고 스치며 사라지죠
그런데도 달이
떠난 거라 착각하곤 한답니다

몸은 이곳에 머물러도
마음은 머물 곳을 몰라
이리저리 헤매기도 해요

세상을 붙잡으려 애써도
결국 손끝을 스치는 바람처럼
잡히지도 잡을 수도 없는 것을

그러니
너무 애태우지 마요
가는 것은 가게 두고
머무는 것은 머물게 두어요

헛탕

이도, 저도
아닌 것을 붙잡고
세상을 헤매고 산답니다

세상살이
좋고 나쁨을 가리기 어려워
헛된 것에 빠진 줄도 모르고
도리어 큰 소리 내며 살아요

한평생 허탕 속에
사는 줄도 모르고
아등바등, 기웃기웃, 허망한 것들을
좇는 게 인생살이인 줄 모르겠네요

세상은 돌고 돌아
길을 잃지 않으려면
가끔은 멈춰 서서 돌아보아야 해요

하루

숟가락 들었다, 놓았다
하다가, 하루가 그렇게 지나가요

밤잠을 뒤척이다 보니
어느새 창문엔 환한 아침입니다

하는 일 없이
놀고먹다 보면
하루는 참 쉽게도 흘러가요

어느새 유수 같은
세월 위에 올라타 겁도 없이
속도를 내다보니 쏜살같이 가요

이렇게 가다보면
머지않아 종착역에 닿겠네요

조금은 천천히 가도
괜찮을 텐데요, 그리 빨리만 가네요

중용 (中庸)

너무 빛나면 눈이 부시고
너무 어두우면 길을 잃어요
극단이 아닌 조화가 필요한
시대랍니다

세상이 시끄럽습니다
모두가 옳다며 외치지만
그 소음 속에서 진실은 멀어져가
세상을 도리어 어둡게 한답니다

세상은 조화로 돌아간답니다
잘난 자도, 못난 자도 함께
어우러져야 조금씩 앞으로 나아갈 수 있어요

한 걸음 양보하면 두 걸음
가까워지고 서로를 이해하면
함께 살아갈 길이 열립답니다
지금 우리에게 필요한 건 냉철한
이성(理性)이랍니다

시간의 개념

시간의 무게는 같을 텐데
어쩌다는 길고, 더디 가고요
어쩌다가는 훌쩍 지나갈까요

좋아하는 일엔
순간처럼 흘러 순삭하고요
싫어하는 일엔 지겹게
더디 가는 느린 시간에 끄들려요
기쁨, 권태도
결국 내 마음 따라 흘러가나 봅니다

피하고, 버리고, 잊고 싶어도
질긴 인연처럼 붙어 있는 삶
붙들고, 다듬고, 품고 싶어도
덧없이 맘 끝에서 흩어지는 순간들

시간의 틀로 보면
그 모든 것이 지나가는 한 조각
구름처럼 일고지는 일상인 걸

우리는
잊으려, 기억하려
붙잡기도 놓으려 애태우며
발버둥치며 산다고 산답니다

2부

봄날에 꽃

물동이

1
어느 봄날
살구꽃 흩날리며 꽃비 되어
우리 누이 물동이에 사뿐이
내려 앉아 물 위에 동동 춤을 춥니다

햇살 사이로
너울너울 지는 꽃잎은
그곳이 천상의 무릉도원인가 합니다

2
울긋불긋 꽃 대궐 같은 동네
우물가 키 작은 누이의 어깨 위
매달린 두레박은 어찌 그리도 크던가

물동이 왜 그리 크고 무거워
키도 다 자라지 못한 누이를
생각하면
지금도 가슴이 울컥울컥합니다

3
몸집만 한 큰 물동이
머리에 이면 물동이만 보이네요

작고 여린 손 가녀린 팔다리
그 무거운 물동이에 눌려
자라지 못한 세월이 서러워라

세월이 흘러도 잊혀지지 않아요
그 시절 누이와 어머니들 여인의
고단한 삶에 눈물이 절로 나요

4
우물가는
아낙네들 한숨을 쏟아내던 곳
한 많은, 시집살이 서러움 풀던 곳
그리움과 보고픔, 아쉬움에 애간장
끓이던 그곳은 어디로 갔나요

이제는 정이 머물던 그곳도
사람도, 우물도, 물동이도 세월 따라
사라져간 옛이야기일 뿐입니다

꽃비

저녁놀 물든 하늘아래
알록달록 피어난 꽃들이
살랑 살랑 바람에 마음을 적셔요

노을빛 스며든 햇살 사이로
나비처럼 흩날리는 꽃잎은
꿈결처럼 아련한 봄의 선물인가요

이 순간, 이 계절, 이 꽃비가
시간에 쓸려가지 않길 바랍니다

향기로운 바람에 실려
기억 속에 오래 머물러
가슴속 깊이 향기가 피어나길
어느 봄날에 빌고 또 빕니다

없는 정답

살다보니 정답 없는 길 위에서
몇 번이나 되짚어 이게 맞는 걸까
묻고 묻곤 했어도 정답은 없었어요

조금만 더 일찍
사람 마음을 헤아렸더라면
조금만 더 빨리
진정한 사랑의 맘을 알았더라면

자식에게도 부모님에게도
내 마음이 닿지 못한 순간들이
지금도 가슴 어딘가에 맴돌아
아프게 남아 아쉬움이 있습니다

세상은
늘 처음처럼 낯설고
사람 사이엔 뜻과 뜻이
다르기도 해 간격을 메울 방법을
늘 어찌해야 하나 묻습니다

시련

봄인데
하얀 눈이 내립니다
이 봄을 어쩌면 좋을까요

꽃 피우고
열매 맺어
작은 행복 하나 품으려 했건만

하늘은 말없이
시련을 내려놓고
나는 그저 고개 숙인 채
참아야지 어쩔 수 없나 봅니다

세상 복이란
나만 애쓴다고
모두 내 것이 된다면
애닳고, 쓰린 아픔이 필요할까요

그냥 웃어요

웃다, 울다
살아온 날이
언제 그리 마냥 행복했었나요

행복도, 아픔도
다 세월가면 지나가는 걸
우린 늘 안절부절 한답니다

이젠 매일 웃고 살아도
얼마 없는 짧은 세월을
뭔 미련에 아등바등 할까요

지는 서산 노을에
가면 그만인 인생놀이랍니다

그냥, 좋아 웃고
싫어도 마냥 웃고 살다보면
이게 아마 인생 행복일 겁니다

세상은 그래

비 오고
바람 불고
가슴 아픈 날에도

세상은
내 아픔과 상관없이
그저 제 길을 간다

나는
찌들고,
소리치고,
속을 끓이지만

세상은 기억하지 않는다
누구도 특별히 오래 남지 않는다

우리는
수많은 사람 중 하나일 뿐인 걸
나만 중요한 줄 알고 발버둥친다

저녁연기

저녁놀 붉게 물들면
툇마루에 땅거미 스며들고

조용히 하루를 접던
고향집 초가지붕 위
저녁연기가 그리운 나이

유년의 부모님 나이보다
더 많은 세월을 지나왔지만

그 시절 뛰놀던 친구
그 산천은 다 어디로 갔나요

아~
아직도 그 시절에 머물러
모든 기억이 아른아른거려
그때 시절을 차마 못 잊어
가슴속이 애달파합니다

어쩌나요

가슴 상채기가
아물기도 전에
또 상채기를 후벼 팝니다

세상인심도
상처투성이
아프다, 외쳐도
더 짓밟고 싹을 꺾고 잘라
아예 메말라 개판을 만듭니다

세상도 덩달아 미쳐
이리저리 멋대로
헤집고, 뚫고, 막아
불에 타고 물에 떠내려가기를
반복해도 그때뿐 지나가면
먼 나라 이야기처럼 잊혀갑니다

벚꽃 피여

1
그 춥던 겨울 잘도 이겨
인파 속에 곱게도 피여
매년 무심천 벚꽃 잔치 합니다

무심천에 비친 꽃 그림자
떨어지는 꽃잎과 흐르는
물결이 무릉도원을 그립니다

이 얼마나 황홀하고 신비한지
신선의 세계인가 합니다

2
형형색색의 옷을 입은
남녀노소 모두가 꽃을 닮아
천상의 풍경보다 더 곱습니다

아이 손짓 장난에
엄마, 아빠 웃음 가득
세상도 천국처럼 환합니다

3
벗들과의 벚꽃 나들이
희로애락이 여기에 담겨 있어
지나간 날들이 화려합니다

피고, 지는 꽃따라
우리 삶도 먼 길을 왔지요
이젠 이것저것 다 내려놓고
말 없는 무심천처럼 살다 가요

체면

체면은 가면일까
마음보다 앞서 걷는 그림자일까

남의 눈빛에 맞춰
고개를 끄덕이고
말을 삼키고
웃음도 조율하며 살아왔어요

정작 나를 위한 말은
몇 마디나 했던가요
네 속을 들여다보는 일보다
체면을 챙기는 일이 더 바빴어요

시간은 사람을 깎고
체면은 껍질처럼 벗겨지는데
이제는 안다
체면이 무너져야
진짜 내가 보이는 걸요

오월에 아카시아 꽃

푸른 오월
창틀에 스며드는
아카시아 꽃향기
조용히 다가오면
몸과 마음도 어느새
어린 시절로 돌아갑니다

햇살 가득한 꽃동산
하얀 꽃송이 바람 따라 춤추며
오월의 노래를 속삭인답니다

벌, 나비 이리저리 날고
양봉사장님 싱긋 웃으며
희망의 노래로 하루를 엽니다

푸른 오월 저 하늘 너머로
지난날에 그리운 그님께
꽃향기 실어 띄워 날려 보낸답니다

오월에 라일락 꽃

오월의 하늘 아래
살랑 부는 봄바람 따라
라일락 향기 속 청춘의
사랑이 뭉실 피어나네요

달콤한 숨결 속에
스며든 언덕 너머 그리움
조용히 다가온 향기이어라

너와 나에 오월에
라일락 향기는
맘속에 아직 그냥 머물지만

초승달 따라
맘속을 헤집어 놓고
그리움만 남기고 떠나간 님
그 미련에 아직 젖어
옛정에 밤이 젖어듭니다

버틴다고 될까

세월은 흘러가고
세상은 변하고
나도 모르게, 나도 변해 가는데
왜 나만, 그대로인 척하고 있었을까

모두가 지금 이대로
살고 싶어 하지만
세상은 그마저도 내버려두질 않네요

혼자 고집 부린다고
세상이 바뀌던가요
이제는 세월을 이기려 들지 말고
그저 흘러가는 대로 살아 보아요

이길 수 없는 싸움엔
속 썩이지 말고 허탈하게
가볍게 놓아주는 것도 괜찮은
삶이랍니다

저녁놀 풍경

저무는 봄날
먼 산부터 천천히 내려앉는
저녁놀은 그야말로 황홀합니다

변해가는 풍경의 아름다움에
몸과 마음이 덩달아 환희에 춤춰요

노을빛 해는 술래잡기하듯 숨었다
높고 낮은 지형을 따라 다시금
살며시 얼굴을 내밀어요

부족한 글솜씨로는
이 황홀한 자연의 감동을
온전히 담아내지 못함이 아쉽지만 ¡

해가 서산 너머로
넘어가도 붉게 물든
자연의 경관은 위대한 하늘의 서사입니다

불장난

잔잔하던 내 가슴에
화산처럼 불을 지피고
모른 척 떠나버린 사람

아무것도 모를 어린 마음에
불방망이로 이리저리 상처를 내고
웃고, 울게 만든 그 잔인한 사랑

지금도 어느 하늘 아래
또 누군가의 마음에 불을 지필까

그때 그 노을은
참 아름답기도 밉기도 했답니다

세상사 몰랐던 시절
잔인했던 사랑을 되돌려 주고 싶습니다

오월장미

오월의 햇살 아래
장미는 불처럼 붉게 피고
청춘은 그 향기에 취합니다

담장 너머 스며드는
그윽한 꽃내음에
달빛조차 숨 고르던 밤

아카시아 흐드러지고
찔레꽃 흰 숨결 번지면
오월은 어느새 사랑의 계절

붉고 푸른 꿈들이
꽃잎처럼 흩날리는 날
우리의 마음에도
장미 한 송이 피어납니다

장미 한 송이
이 밤이 다가기 전에
연인에게 전하고 싶습니다

송화 가루

푸른 소나무
봄을 품고
노란 송화 가루 매달아 자랑하네

바람 불어
가루 되어 날아가면
봄은 어느새
저만치 뒷모습을 보입니다

온 하늘 흩뿌려진
송화가루 그림자에
하루, 이틀
봄이 스며듭니다

송하가루 봄이 가면
우린 초록이 물드는 여름날을
기약할 겁니다

울까

1
밑도 끝도 없이
괜시리 울고파라

세상이 싫어졌나
나이에 걸맞지 않게

세월 가면
그만인 걸 모르고
괜히 우울 서글퍼진다

내 안의 작은 그림자
괜찮다 말해도
조용히 울고 있다

창밖 비라도 오면
핑계 삼아 울 수 있을까
이 마음 숨길 수 있을까

2
해는 떴다
그게 전부였다

커피는 식었고
마음도 식었다

누구를 원망하기엔
모두가 지쳐 있었고
무엇을 꿈꾸기엔
내가 너무 무뎌졌다

그래도 하루는 간다
어제와 다를 것 없는
무심한 오늘이건만
마음속은 눈물이 일렁거린다

복이란

복이
하늘에서 뚝 떨어지는 걸까요

그저 앉아
하늘만 바라본다고
복이 내게 오나요

세상복은
노력의 그림자입니다

공짜는 없다는 걸
세상은 늘 증명해 왔지요

현생의 복도
전생의 땀방울로 얻은 것이고
내생의 복도
이 생의 하루하루 쌓은 노력의 열매
노력도 없이 열매 찾는다면 바보 ‥

식어 갈 줄이야

그토록 뜨겁던 사랑이
세월 앞에 식어 갈 줄
정녕 누구도 몰랐습니다

이리 될 줄을 알았더라면
그때 차마 말하지 못한 말
가슴속에 묻지 않았을 텐데요

그리도, 애타던
불꽃이 이토록 허망하게
재로 식을 줄은 몰랐습니다

가슴은 다 타버렸고
남은 건 찬바람뿐이니
이 모든 게,
하늘의 장난이었을까요
흐르는 세월에,
먼 산만 바라다 봅니다

찻잔 속 태풍

한 치도 안대는 가슴속에
찻잔 속 태풍을 가두고 삽니다

이럴까, 저럴까
온 세상 걱정은 다 내 몫인 듯
밤낮으로 마음은 요동치죠

그 태풍이 아무리 거세다 해도
찻잔을 넘을 수는 없을진대
왜 그리 속을 끓이며
혼자서 세상을 다 지고 사는 걸까요

사실 세상일이란
별거 아닌 게 더 많습니다
후련히 훌훌 털고
조금은 가볍게 살아도 괜찮은 걸
우리네는 안달복달하며 산답니다

3부

여름날에 세상

순리

바람은
가는 대로 불고
강물은
흐르는 대로 흐릅니다
자연은 순리를 따라가는데

우리는 왜
늘 거슬러 오르려 할까요
높은 곳만 바라보다
숨 고를 틈도 잊곤 하지요

시간은 말합니다
낮게 흐르는 물이
더 깊어진다고

무언가를
억지로 쥐려 하지 말고
놓아야 할 때

놓을 줄도 알아야
비로소 마음이
편안해진다 합니다

그래야 옆도 보고
뒤도 돌아볼 수 있고
비로소 세상이 보입니다

세상은
늘 내 뜻대로만
흘러가지 않습니다

가슴

가슴은
한 치도 안 되는 작고 작지만
온 세상이 들어 있는 그릇입니다

한 줌밖에 안 되는 그곳엔
세월도, 사람도, 잊힌 꿈도
다 담아 한 세상을 버틴답니다

웃던 날은 흐릿해지고
상처만 선명히 남은 날도
전생, 내생 습성도 있답니다

그래도
우리는 살아야 하기에
무거운 마음 안고 또 하루를
넘기다 보면 황혼역이랍니다

다 간다

바람이 불면
구름이 흘러가듯
세월도 저물어 간다

가지 마라, 가지 마라
붙잡는 손길 많아도
세월은 머물지 않는다

누구도 되돌릴 수 없는 시간
목매지도 말고, 미워하지도 말고

세월을 벗 삼아 웃고 울며
함께 걷는 길이 행복이다

지나가는 것에 연연하지 말고
지금 이 순간을 참 좋게 살아가자
가는 세월에 순응해 살면 될 겁니다

애들도 힘들어요

갓난 아이 심장 위에
말도 트기 전에
영어 코딩 피아노가 쏟아온다

말보다 빠른 스케줄
웃음보다 빠른 경쟁
아이 눈빛은
놀이 대신 스펙을 배우고
놀이터 대신 학원으로 간다

사랑이란 이름으로
욕심을 포장한 가진 자들
자신을 위한 전쟁에 아이들을
훗날을 위해 용병으로 세운다

돈이 계급이 된 세상
재력 따라 정해진 출발선
같은 해에 태어나도
달리는 길은 전혀 다르다

빈 깡통

가슴이
빈 깡통처럼
텅텅, 소리만 납니다

세월에 이끌려
한참을 흘러와서 그런가 봅니다

수십 년
놀라고, 데이고
그래도 잘 참아내던 이 가슴도
이젠 조금씩 많이 지쳐가나 봅니다

그래도, 남은 날들
조금은 쓰다듬어가며
탈 없이
조용히 따듯하게 보내야 할 겁니다
가슴에 상처는 오래 오래 간답니다

늘 그 자리에

세상은
늘 그 자리에 가만히 있는데

빠르다, 느리다
우리 기분 따라
치고 박고 싸운 건
우리였나 봅니다

하루의 길이엔
한결같은 시간이 흐르고
세월의 총량도 같을 터인데

우리는
그걸 참지 못하고
빠르다, 느리다 말하며
마음속조차 소모해 버립니다

칠월에 연서

1
청포도 익어가는 칠월
논두렁 푸른 벼 사이로
뜸북새 울던 그날들

서울 간 오빠 기다리며
햇살에 눈부시던 어린 날에 여름

삼복더위 짙은 그늘 아래
은하수 따라 별을 세며
소리 없이 사랑을 꿈꾸던 밤

숨죽인 모닥불 바람 사이로
부르던 노래처럼 번지는 그리움

하늘엔 뭉개구름 흐르고
신작로 미루나무엔 매미 울던
그 고향의 여름은
지금 어디쯤 숨어 있을까요

2

해바라기 알알이
익어가는 저녁
햇살은 지붕을 타고
살며시 하루를 덮습니다

마루 끝에 앉아
땀을 훔치던 아버지의 손
바람에 실려 오던 어머님에
된장국 냄새와 참외 오이 향기

논둑을 달리던 내 발엔
맨발의 여름이 있었고
청개구리와 뜸북새 울음 속에
그리움이 남아 자리 잡았답니다

칠월은 그렇게
기다림과 그리움이 엮인 달
떠나간 것들과 남겨진 것들이
조용히 서로를 쓰다듬는 시간

우리 모두는 지나간 날을 그립니다

세상은

세상 시끄럽다고
너도나도 덩달아
요란법석하지 말아요
세상은 가만가만 가자 해요

세상은 조용할수록
좋은 세상이랍니다
세상은 시끄러울수록
혼탁 혼란하답니다

우린 너무
시끄럽고 난잡 혼탁 마구잡이
세상에 살다 보니 조용한 세상이
얼마나 살기 좋은 세상인 줄 몰라요

이젠
우리 모두가 세상을 위해
조용조용 살아야 한답니다

그래야
조금이나 나은 세상이 될 겁니다

모나지 말아요

돌고, 도는 세상살이
혼자 모나지 말아요

뾰족하고, 굽고 삐딱하면
세상이라는 둥근 물레에
걸리고,
부서지고,
깎이고,
뒤틀려,
힘겨운 길을 가게 될 겁니다

모가 나면
미운 오리처럼 떠돌 뿐
어디서든 천덕꾸러기가 되어
이리치고 저리 걸려 외톨이
세상살이가 힘듭니다

어허야

기다림도, 미움도 훨훨
허공에 띄워 날려 보내요
조급한 마음도 훨훨 안달복달
말고 저녁 바람에 실어 보내요

세상 어허야
다 가질 수 있었던가요
정말 영원한 게 있었던가요

좋고, 싫음도
그날그날 흔들리는 마음도
반쯤 웃고, 반쯤 채워지면
그게 바로 오늘의 행복이랍니다

어허야
그런데도 우리는
텅 빈 마음 채우겠다고
애쓰고, 지치고
가끔은 아프도록 버둥대지요

자리

장기판 위에선
왕도, 차, 포, 졸도 권한으로
제 자리에서 제 역할을 다하죠

한 판이 끝나면 누구도
권한 크고, 작고 예외 없이
같은 장기 알통에 담겨져요

과거의 지위는
그때 잠시 맡았던 역할일 뿐
끝났으면 놓아야 합니다

회장이었든, 사장이었든
그 이름으로 살아 갈 수는 없어요

그건 과거일 뿐, 지금은 아닌 걸
과거에 매몰 현재를 모르면
현실에 행복이 점점 멀어 갑니다

물망초

날 잊지 말아요
난 당신의 꽃입니다

바람 부는 날에도
눈비가 쏟아지는 날에도
늘 당신 곁을 지키는 꽃입니다

가슴시린 날에도
가슴 멍든 날에도
오로지 당신만을 품는 꽃이랍니다

날 잊지 말아요
내 가슴에 영원한 당신
세상 끝날 때까지 사랑합니다

날 잊는 날
물망초는 사라져가요
영원히 날 잊지 마세요

본 나

세상 틈에 끼어
모양이 바뀌었다

본 나는 멀리
가고 껍데기 내가 서 있다

늦기 전에 나를 찾아
햇빛 속으로 나간다

나도, 나를 잘 모르는데
누가 나를 알고 너를 귀히 여길

세상 틈바구니에서
살다 보니, 이리저리 세상 따라 변해
본 나는 사라지고, 가짜 내가 서있네

더 늦기 전에 본 나를 찾아
손 꼭 잡고 끝까지 가보자

세월

세월을 붙잡아
쇠말뚝에 매어 두고

근심 걱정도 버려라
한 번 왔다 가는 세상
소풍길에 미련도 놓아라

어디로 갈는지,
어디에 닿는지,
애환도 아픔도 흘려라

너와 나,
이 짧은 세상에
잠시 머물다 웃으며 가면 된다

괜한 투정으로
세월 낭비 말고
웃으며 곱게 살다 가면 행복이다

뻥쟁이

당신의 말은
늘 찬란했다

빛나는 약속
달콤한 다짐

그러나 남은 건
메마른 메아리뿐

세상 살면서
어쩜, 그리 빈 입으로만 살까

실천이 없는 말은
결국 공허한 바람
나는 그런 사람을 뻥쟁이라 한다

뻥쟁이가 많으면
세상은 혼란 속에 믿음이 사라져요

언젠가는

살다 보면
가고파도,
보고파도,
말하고 싶어도,
먹고 싶어도,
다 닿지 못하는 날이
오고야 맙니다

우리는 그날을
알고도, 모른 척
조금만 더 아직은 아니라고
어리석게 버팁니다

그러나 세월은
기다려주지 않아
끝내 웃음조차
메마른 소리로 흩어져 가네요

어느 여름날

은하수 흐르던 팔월
수양버들 드리운 작은 개울가

저녁놀 햇살에
조약돌 반짝이면
천사 같은 꼬마 아가씨
선녀처럼 조약돌 놀이를 하곤
했습니다

까까머리 천둥벌거숭이들
가재를 쫓고 물장구치며
쑥 비벼 귀마개 하던 그 시절
햇살 아래 뭉게구름처럼
웃음꽃을 피우던, 그 여름날엔
더위마저 친구 같았습니다

저녁나절이면
개울가, 소 풀어 놓고

방아개비 잡아
손끝으로 찧던 방아
그 사이로 시간은 조용히
흘러 저만치 혼자 갑니다

모깃불 피운 마당 한켠
온 식구 둘러앉아
은하수 아래 도란도란 나누던
수많은 이야기
그 시절은 지금 어디쯤 숨어
있을까요

그 무덥던 날들에도
어머니의 등목 한 번이면
등골은 오싹했으니 마음은 언제나
포근했습니다

맑은 물 한 바가지에
하루의 피로가 말없이 씻기던 저녁
우리는 그렇게 살았답니다

맘 가두기

구름이 달에 머무르듯
달이 구름에 기대듯,

세상 따라 울고 웃는
내 마음 좋았다, 싫었다
갈피 없는 바람결에도 흔들린다

허공에 두려 하면
너무 멀리 흩어지고

작은 그릇에 담으려 하면
답답하여 눈물이 고인다

아~
이 변덕스러운 마음
어디에 두어야 한 세상 웃고, 울며
온전히 잘 살았다 하려나

몸과 맘

몸과 맘
때론 하나, 때론 둘

때로는 겹쳐 하나로 흐르고
때로는 머리서 따로 춤춘다

늘 함께라 하지만
몸은 제멋대로 흘러가고
맘은 제멋대로 흩어지기도

살아가는 길 위에서
크고 작은 근심에 걸려
몸도 맘도 상처를 입는다

그러나 내 안의 맑은 맘
잘 돌보고 고요히 다스려
몸과 맘이 고운 화음으로
삶이 행복하길 빌어본다

바보

오지 않을 걸 알면서도
나는 그 길목에 목각처럼 선다

무너지는 밤 위로
햇살이 스며들 듯

바보 같은 기다림도
결국은 꽃이 될 돌
오지 않는 사람을
무작정 한세상 기다렸다

철없이
오늘도, 내일도 혹시 돌아올까
흘러간 시간만 가슴에 쌓였다

믿을 수 없는 마음이
끝내 나를 붙잡아
허공만 오래 바라보게 한다

세상
그런 맘 바보도 드물게다

돈

돈이 뭐길래
사람의 가치를
능력과 무능으로 갈라놓는가

부를 쥔 자는 세상을 사들이고
빈손의 자는 죄인처럼 고개를
숙인다

돈은 권력의 자리를 바꾸고
진실마저 값으로 거래한다
세상은 점점 더 요란하고
아무도 책임지지 않는다

누군가 묻는다
이 난장판 속에서
사람답게 사는 길은
대체 언제일까 오기나 할까

욕심

1
욕심을
채우려다 나를 잃습니다

욕심을
채우려다 주변이 사라집니다

욕심은
모두 가지려다 결국 모두 잃습니다

욕심은 끝이 없습니다
하나는 둘이 되고 백은 천이 되어
끝없이 불어납니다

자꾸만 더, 더
채우려다 보면
인생이 무엇인지도 모른 채
숨을 허덕이며

끝을 향해 달려갑니다
너무 채우려
살다 보면 난 없답니다

2
욕심은
작은 그릇에
바다를 담으려는 일

조금씩 넘치다
결국 그릇도 깨지고
물도 흩어집니다

문득 멈추어
두 손을 들여다보니
잡은 건 없고
잃은 것만 남았답니다

세상은 비우며
살 줄 알아야 잘 사는 겁니다

자성 (自性)

마음만 앞서면
꿈의 껍질에 갇히고

몸만 서두르면
허무한 바람만 쫓는다

마음과 몸이 함께 흔들리면
흐르는 세월 속에 나를 잃는다

욕망의 불빛은
유성처럼 잠시 빛나다 사라지건만
그 허망한 빛을 모르고 붙들려 한다

이제는, 고요한 뿌리로
마음도 몸도 내려앉아
하루 한 줄기 숨결 속에서
더 단단히, 더 깊이 살아가야
그나마 남은 생이 복될 거다

웃어요

고통은, 고통을 낳고
슬픔은, 슬픔을 낳고
웃음은, 웃음을 낳습니다

어차피 천만 년 살 것도 아닌데
그리 안달복달할 필요가 있을까요

좋아도, 싫어도
한 번뿐인 이 세상

미소 짓고, 웃다 보면
행복은 어느새 다가올 겁니다

웃다 보면
지난날 이야기하며 살 때가 있겠죠

지난날

뒤돌아보면
눈물이 번질까
묵묵히 앞만 바라보고 걷는다

돼지고기 한 점,
꿈이던 시절
그 땀방울 위에
오늘이 피어났다

배고파 울던,
세상은 멀어지고
배불러 투정하는 세상
왠지 씁쓸하고 허망하다

그 고생 덕에
밥술이나 먹고 산단다
잊지 말고 가슴속에 새겨요

4부

가을 그리고 겨울 인생

고향집

세월의 무게를
어찌 막을 수 있었을까요

할아버지, 할머니,
아버지, 어머니,
그리고 팔 남매가 함께 울고 웃던 곳

꿈과 희망 기쁨과 슬픔이 켜켜이
스며있던
그 고향집이 이제는 세월 따라
조용히 사라져 간답니다

영원한 것은 없다 하더니
우리 세대의 손으로
지켜야 했는지 놓아야 했는지
만감이 교차합니다

눈물인지, 콧물인지, 모를
감정이 자꾸만 흐릅니다

19세기 중엽부터 21세기 중반까지
수 많은 날들을 함께한 가족의
희로애락에 그 많은 사연들은
이제 어디에서 이어질까요

한 뿌리로 이어져
한 마음의 안식처였던 고향집
그 한 세상이 저물어
저 강 너머로 말없이 조용히..

남은 건, 간절한 소망 하나
모두가 건강하고
그곳을 마음속 고향에 묻어두고
어디 어느 하늘 아래 살더라도
무해 무탈하기를 기원합니다

여백

행복은
스쳐가고

불행은
머물다 간다

그 빈자리에
웃음과 눈물이 번질 때
조용히 감싸주는 삶에
여백이 필요하다

그 여백 위에
이해가 꽃 피고 용서가 꽃 피면

비로소
우리의 행복은 참으로 아름답다
그래서 여백을 남길 줄 알아야 한다

길을 묻습니다

어디로 가야
바른 길, 행복의 길일지 묻습니다

지나온 날보다
남은 날이 더 귀하여
그 하루 하루의 뜻을 되새여갑니다

어디로 가야,
순탄하고 평온할지,
누구에게 물어야 알 수 있을지
그래서 묻고 또 묻습니다

아무도 모르는 길 위에서
희망과 행복이 기다리는
그 길은,
어디에 있는지 모르지만
평온 아늑한 저녁노을이길 빌며
그 길을 가기 위해 또 묻습니다

꿈엔들

꿈에도
잊히지 않는 사람이 있다

어찌하여,
그토록 멀리 떠나 버렸을까

헤아릴 수 없는 사연들은
다 어디에 흩어졌는가

인생살이 삶은
안다 하면서도 모르고
모른다 하면서도 흘러가는 길

가까움도 멀어짐도
뜻대로 할 수 없는 것이어서

마침내
꿈과 생시의 경계마저
흐려지고 흩어진 채 여울져간다

풍랑

순한 가슴에
거친 파도를 던진 여인

세월 앞에서
춤추던 웃음도

고운 얼굴도
깊은 주름 속에 잠기고

끝내는
바람 따라 흘러가며
추억마저도 휩쓸어
저 멀리 사라지네

아 ~
풍랑에 휩싸인 지난 인연
바보처럼 세월 속을 더듬네
텅텅 빈 추억은 아픔만 남겨요

이별

이별에 정을 남기면
밤하늘은 붉게 물들고
그리움에 몸이 떨린다

정이 그리워
가을빛이 스며들 때면
그대를 불러 내 마음을 전한다

세월은 무심히 흐르고
나는 자꾸 뒤돌아 본다

아 ~
이별의 아픔이여
너는 어찌 이토록
애절한 상처만 남기고,

어디에 있는가
애달픔만 이 가을에 묻어가네

세월

지난 날은
지난날 속에 묻어요

원망도, 그리움도,
아픔도, 미움도, 보고픔도
모두 흘러가는 세월에 실어 보내요

지나간 시간에 매달리면
다가올 희망도, 행복도 멀어져요

흘러간 세월은 보내고
새로운 날에 마음을 맡겨요

과거에 갇히면
인생은 끝내 어둠에 잠겨요
어제는 어제에 돌려보내고
오늘은 내일로 향하는 길이어라

흑야(黑夜)

깊은 어둠 아래
세상이 뿌리째 흔들린다

벽도, 문도 없는 감옥
모든 소리가 스스로를 삼킨다

길잡이별은 이미 추락하고
남은 건 방향 잃은 발자국뿐

허공에 맴도는 숨결
이 먹구름을 어찌 찢어 낼까

어떤 새벽이 다시
희망의 빛을 데려 올까
함께 나아갈, 그 첫 불씨를
우리는 어디서 찾아야 하는가
이리저리 헤매도
찾지 못하다, 세월에 묻혀 가나보다

빈손의 깨달음

예나 지금이나
세상 빈부의 차는 여전하다

잘사는 것도,
못사는 것도,
복이라 부르기엔 속이 쓰리다

원만보다 냉철하게
불만보다 깊은 생각으로
결국 나를 세우는 건 내 발걸음뿐

조상님, 부처님, 하늘님께
하염없이 기도하다 보면
손엔 바라는 바람만 남는다

그제야 알게 된다
복은 내려오는 게 아니라
내 안에서 피어나는 꽃임을
깨달은 자만이
비로소 빈손을 벗어난다

가을

가을, 황금 들판
이삭 하나둘 비어갈 때

먼 산자락마다
단풍 물들어 번지네

기러기 구만리 길
물 건너 산을 넘어오면

청명한 하늘 높고 높아
기러기 울음소리 따라
가을빛은 더욱 깊어가네

가을 사색에 젖은 마음
서늘한 바람결에 실려
어디론가 떠나보고 싶다

후순위

살다 보니
동반자는 언제나 뒤로 밀렸다

부모, 형제, 자식
그들을 챙기다 보면
내 사람, 내 편은
늘 마지막이었다

함께 믿던 이들도
어느새
모든 일의 끝자락에 서있었다

없는 살림에
아이 옷 명품 하나 못 사주고
그저 말 한마디에 안간힘을 다해 웃었다

사람 노릇이란 게
가슴속에서만 오고 가던

마음이었으니,
그게 잘 사는 일인지
그저 버티는 일인지 모르겠다

세월이 깊어질수록
병원 대기표가 하루의 시작이 되고
거울 속 낯선 얼굴이 나를 부른다

그래도,
당신이 내 곁에 있어
미안하고, 애처롭고 아프게
오늘도 고개 숙여 견딘다

늦었지만
사랑한다는 말 전하고 싶다

세월 등살

반세기 전
우리는 청춘이었다

서로의 눈빛에 설레고,
미운 정, 고운 정이
단풍처럼 물들어 익어갔다

세월의 등살에
주름이 깊어지고, 서리가 내렸다

거칠어진 손, 굽은 등
고목 끝에 매달린 단풍잎처럼
흔들린다

이제는
정이 있네, 없네 보다
같은 숨을 나누는 일 하나에도
그저 고맙고 감사할 뿐이다

가을날에 그대

어느 가을날
말 한마디 없이
낙엽 따라 흩어져간 사람

단풍처럼
곱게 물들던 마음
가을바람 한 줄기에
허공으로 흩어졌나요

하지 못한 말들
가슴속에 맴돌다
공허한 하늘에 묻히고
남은 건 매운 연기뿐

그대 떠난 자리에
가슴은 불씨처럼 타올라
이윽고 재가 되어 식어갑니다

거짓

입이 열리면
진실은 숨는다

말은 많고
진심은 없다

그렇게
믿음은 조용히 죽어간다

입만 열면
거짓이 흐른다

없는 것을 있다 하고
남의 것을 제 것이라 한다

입으로는
세상 모든 것을 다 줄 듯 말하지만
그 속엔 진심이 없다

버려요

미물도 훨훨
제 살 붙은 잎을 떨구며
겨울을 준비한다

나무는
버리며 산다
잎, 가지, 뿌리 일부까지
한 줌 흙 위에 남기고

그런데
사람만 다르다
더 가지려,
더 쌓으려,
두룩두룩 부풀어 오른다

비워야
살아남을 텐데
겨울 맞는 나무처럼
몸을 덜어내야 하는데

앙상한 가지는
바람과 눈,
얼음 속을 최소한으로 견디고

사람의 욕심은
날마다 불어나다
밤마다, 어깨 위에 쌓여 숨을 막는다

그럼에도
우리는 무엇을 붙잡으려 하는가
무엇을 놓지 못해 이 추운 세상
홀로 서야 하는가

험한 세상
훨훨 비워야
비로소 마음이 편한 걸

하지만
왜 우리는 짐을 지려만 하는 걸까

칭찬

사람은
보이지 않는 것 꿈을 먹고 산다

하루치의 숨,
한마디의 온기

말은 가벼워서
종종 바람이 되어 흩어지고

책망은 무거워
가슴 밑바닥에 가라앉는다

고래도
칭찬에 춤춘다는데

우린 왜
혀끝을 다물고 살다
그냥 하늘 소풍 갈까

영원

영원은
있는 듯, 없는 듯

기분 따라
좋았다가, 싫어졌다가

믿었던 것도
흔들리고 잡으려 하면
손끝에서 흩어진다

세상은
마음이 그리는 그림이라

행복도, 불행도,
영원도, 생각 따라
있기도 하고 없기도 하다

그래서 우리는
오늘의 한순간을
조용한 영원이라 부른다

세대교체

세월은 조용히
등 뒤에서, 우리를 밀어낸다

먼저 온 세대는
말없이 자리를 비우고
저녁 빛 속으로 걸어갑니다

뒤이어, 선 세대는
그 빈자리를 바라보다
그리움에 먹먹합니다

세상은 돌고 돌아
울고 웃는 정 속에 흐릅니다
한 세상이 저물면
또 다른 세상이 피어납니다

그렇게 우리 또한
흘러 흘러,

처음의 자리로 돌아갑니다
마치 바람이 자신의 흔적을 지우듯이

우리는 먼저 간 세대
보고픔에 눈물이 납니다

다음 세대도
우리처럼 살다, 그리하겠죠

품격

새침도,
호들갑도,
꽁냥꽁냥도 다 때가 있답니다

젊은 연인의 꽁냥꽁냥은
보기에도 곱다
그 시절의 바람결처럼
풋풋하고 향기롭습니다

하지만
세월을 건너온 꽁냥꽁냥은
어쩐지 낯설고 조금은 민망하다

인생은
세상 따라 익고 또 익어가며
그때마다 다른 멋을 배운다
연식 따라 다른 폼생폼사가 필요하다

이별에 아픔

가다 서고,
서다, 다시 가다 보면

앞에 맺은 천륜은
하늘로 돌아가고

뒤에 맺은 인연은
네 그림자 따라오다
어느 날엔가 또
다른 발자국을 남긴다

천륜이란
하늘이 정한 인연이라
우리 뜻대로 할 수 없나 보다

그래서 우리는
이별의 때를 만나면
서럽고 아프고,
그리움은 가슴속 깊이 묻습니다

흘러간 세상

살다 보면
세월이 손끝에서 새어 나간다
잡으려 할수록
물결은 더 멀리 번져간다

누군가는
그리운 날의 냄새에 취해 있고
누군가는
지워지지 않는 저녁을 맞고 산다

흘러간 것은 돌아오지 않는다
그걸 알면서도,
우리는 자꾸 뒤를 본다
마음의 어딘가,
아직 젖은 강가 하나가 있어서

가는 것은 가고
오는 것은 오는 것,
세상은 늘 그렇게 흘러간다

왜 나설까

세월이 가면
머리 희고,
손발 굽고, 등도 저물어 간다

마음 또한
빛을 거두어야 할 텐데

젊어 다 못 꾼 꿈을
이제 와 꺼내 들고 바보짓을 할까

참 웃긴 일이다
세월을 몰랐던 내가
세월에게 다시 묻는다

저녁노을 아래,
왜 나설까 반길 자 하나 없는데

저녁놀 시간에

감사해요
이 나이에
무엇이 이토록 애달플까요

저녁놀 시간도,
그리 길지 않은데
괜한 마음은 여기저기 흔들립니다

가을바람 없어도
낙엽은 저절로 떨어지는 걸
소원한다고 멈춰질 일도 아니겠죠

그냥 감사하고,
고맙다 말하며
나서지 말고, 하루하루 무탈한 삶
그것이 곧 행복이라 믿어요

무탈 (無頉)

세상은 앞만 보고 간다
우린 옆도 보고
때로는 뒤도 보며
잠시 쉬어가고 싶을 뿐이다

살다보니
돌아본 길이 희미해지고
앞길은 청명하기만을 바라지만
그 또한 알 수 없는 일

사람 사는 게
다 거기서 거기라
건강하기만 해도 복이라지만
세월이 몸을 따라와
이리저리 탈을 낸다

가을 저녁
노을이 천천히 내려앉는다

제자리

돌고 돌아,
끝내 제자리였네요.

눈부신 겉모습에 취해
속의 숨김을 잃은 채
나는 웃고, 울고 있었나요

한 바퀴, 또 한 바퀴
손엔 허공이, 가슴엔 바람뿐이었다

화려했던 날들의 조각들은
모래알처럼 흩어 사라지고,

문득 남은 것들이 묻는다

이것이
세상의 모양일까
아니면 삶의 본모습일까

공(空)

우리는 무엇을 보고
무엇을 들으며
이 먼 길을 건너 왔던가

세상에 묻고,
세월에 묻고,
가끔은 나 자신에게도 물어도
강산이 몇 번이나 뒤집히도록
누구도 대답해주지 않았다

삶이 본래
한 점 흔적 없는 공이라면

저 너머로 돌아가기 전
단 한 번만이라도
한 조각 답을 건네받아
웃으며 떠나고 싶다
그게 살아온 세상 정이 아닌가

사랑도

세상 따라
사랑도 변합니다

순수한 열정은
타산의 저울 위에서
흔들거리고

순애보는
세월 속으로
조용히 묻힙니다

계산된 만남과 이별 속
지고지순한 사랑은
유리관 속 먼지로 남고,

바보 같은
진정 순결 열정 그 마음이
멀어질수록 가슴이 저립니다

세월 님

봄날
꽃 피면 예쁘다 웃고
꽃 지면 서럽다 울던 님

오월이면
장미처럼 정열로 빛나고
폼생폼사 화사하던 그 미소

유월에는
백합 한 송이처럼
곱고 고운 청순함으로 머물던 님

여름 녹음 아래서는
더위에 지쳐
헉헉거리며 하루를 넘기던 님

가을이 오자
단풍처럼 곱게 물들어
낙엽 떨어지는 소리에 마음 젖던 님

세월의 풍파가 여러 번 지나
무서리 내려 앉은 끝에,
이제는 단아 단정히 피어
다소곳한 들국화 같아졌네요

님아
세월 따라 멀어지지 말고
예전처럼 내 옆에 있어줘요

갈등에 빠져
혼탁 세상 만나면
인생도 삶도 어렵답니다

착각

세상은
내가 멈춰도
아무 일 없다는 뜻 흐른다

흐른다는 사실 하나가
문득 나를 멈추게 하고
멈춘 나는,
내가 세상의 축인 줄 알았던
오래된 착각을 바라본다

흔들린 건
세상이 아니라
언제나 나였다는 걸

착각을 내려놓은 순간
제자리에서 맑게 돌고
가벼운 흔적이 된다

그제야
외로움도 무게를 잃고
조용히 흘러간다

여백

생각만 해도
가슴이 일렁이던 날이 있었다

눈빛만 닿아도
세상이 환해지던 순간이 있었다

그러나 바람이 스치고
사랑이 흔들리던 어느 때
우린 조용히 틈 하나 필요했다

울고, 웃던 날들 사이
숨 고르던 그 작은 공간

어쩌면 지금의 우리는
다시 나아가기 위해
잠시 멈춰 선, 작은 여백 하나
필요한지도 모르겠다

흘러가요

텅 빈 들녘
바람이 세월을 밀고 간다

낙엽은
제 그림자를 밟으며 길을 잃고,

달빛도 작게 흔들리고
밤은 조끔씩 비껴간다.

내 안에도
언제 가을이 들어와
말없이 문을 닫는다

세월은 흘러가는데
우리는 무엇을 향해
그리 서둘러
여유를 모르고 사는 걸까

초겨울 하늘

초겨울 청량한 하늘이 맑아
마음이 먼저 고요해진다

해는 남았지만
상현달은 서둘러 떠
자기 빛을 미리 준비한다

비행기 지나간 흰 선은
시간에 젖어 흐려지고
붙잡지 못한 마음처럼
조용히 사라진다

가을은 다 놓지 못한 채
저녁놀 끝에 머물러 아름답고
나는 그 미완이 가는 계절에
오히려 감사와 위로가 된다

새벽을 여는 이도,
저물어야 보이는 이도,
나름대로 각자의 속도로
세상과 맞닿아 있을 뿐

인연의 때는
말없이 익어 떨어진다
우리는 그 순간도 모르고
바쁨 속에 자신을 흩날리지만

오늘의 하늘은 말한다
빛나는 일은 결국 제 시간에
도착하는 것이라고

세상사, 돌고 도는 거
개폼도 없이 이리저리
허둥지둥 살지 말아라 한다네요

민낯

겨울인가,
가을의 걷이가 끝난 들녘에
바람만 남아 길을 낸다

먼 산은
골골이 드러낸 민낯으로
웅장히 서 있고, 그 침묵 속에서
자연은 오래된 비밀을 말한다

들녘 곁 얕은 산은
아직 제 모습을 모두 보이기에
조금은 머뭇거리는 듯 풀빛 아래
숨을 고른다

세상이 변하듯 우리의 삶
또한 돌고 돌아 때가 오면
벗겨진 얼굴로 미래를 마주하리라

하모니카

사람의 입술 끝에서
세상이 숨을 고른다

낡은 골목의 저녁과
일터를 마친 손등의 피로가
작은 쇠 통 속으로 스며들 때

한 모금 숨에
희로애락이 접혀
왔다가 다시 간다

울컥
접한 음 하나가
귀를 지나 가슴에 닿으면
굽은 하루가 잠시 펴진다

둥실 가벼워진 순간
타고난 재능이 있다면

아마 그건 실금을 울려
세상을 그리는 신의 선물

삶의 길 위에

수많던 희노애락이
한세월 머물다 간다

유년은 묻지 않았고
청년은 불탔으며
중장년은 견뎠고
노년은 고개를 끄덕였다

쥐려 할수록 비었고
비우니 비로소 남았다

울음은 시간을 만들고
웃음은 그 시간을 건넜다

저녁노을 앞에서
내놓을 것은 없으나

삶의 길에서 만난 무수한 것들
이젠 아픔 미련 이별 행복도
하나 둘 마무리할 시간대인가 보다

삶의 길에서

초판 발행 2026년 2월 25일
지은이 최 병 우
펴낸이 김복환
펴낸곳 도서출판 지식나무
등록번호 제301-2014-078호
주소 서울시 중구 수표로12길 24
전화 02-2264-2305(010-6732-6006)
팩스 02-2267-2833
이메일 booksesang@hanmail.net

ISBN 979-11-24166-08-6(03810)
값 12,000원